UN BULLETIN

DE VOTE

SUR

DEUX QUESTIONS A L'ORDRE DU JOUR.

SOLUTIONS PROPOSÉES

PAR

UN HOMME DE RIEN.

Un homme sortit pour semer.....
(Evangile selon saint Marc.)

PÉRIGUEUX

CHEZ J. BOUNET, IMPRIMEUR-LIBRAIRE

COURS MICHEL-MONTAIGNE, 24.

1869.

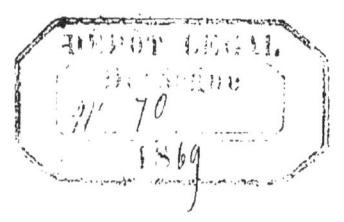
UN BULLETIN DE VOTE

SUR DEUX QUESTIONS A L'ORDRE DU JOUR.

I.

L'ÉLECTEUR.

La grande épreuve du suffrage universel qui vient d'avoir lieu n'est-elle pas de nature à faire réfléchir et à ramener les esprits à l'examen et à l'étude d'un sujet plus délaissé qu'épuisé? Le sujet est le système même de ce suffrage, considéré dans son ensemble, raison d'être et conditions d'application, moyens et but.

De tout ce qu'il a été donné à chacun de voir et d'entendre, dans ces derniers temps, s'il ressort une vérité, c'est celle-ci : La question du suffrage universel attend encore et réclame une solution rationnelle. Réduite, en effet, à la combinaison purement empirique qui consiste à attribuer un vote égal à tout majeur de 21 ans, la question peut bien passer pour tranchée, mais résolue, elle ne l'est pas, à coup-sûr.

Il y a sans doute des droits égaux et communs à tous les hommes, par cela seul qu'ils sont hommes : ce sont les droits naturels. Pour prétendre en déduire une théorie absolue de suffrage, il faut la passion des logomachies politiques, car le bon sens se refuse à assimiler à l'exercice d'un attribut essentiel de notre nature un acte aussi complexe que le vote et dont les conséquences dépassent de beaucoup les limites de la sphère individuelle.

Qu'il puisse être utile et qu'il soit juste que tout individu, partie intéressée dans la conduite des affaires publiques, y ait, sous la forme du vote, une part plus ou moins directe d'influence, ainsi défini, ce point ne fera pas contestation. Il n'est pas, toutefois, le seul qu'on ait à considérer.

Si l'individu a qualité pour parler au nom de ses propres intérêts, la société, de son côté, a bien aussi quelque droit à se faire entendre au nom des principes généraux et nécessaires qu'elle résume.

Le but n'étant pas toujours le même des deux parts, l'antagonisme est, dans bien des cas, inévitable. C'est pour en prévenir ou, tout au moins, en atténuer les conséquences que le droit commun est conçu. Il a pour objet de servir de sauvegarde à la société en même temps qu'à l'individu ; à la première, en exigeant de celui-ci certaines garanties élémentaires ; au second, en écartant de son chemin la faveur et le privilége et tout ce qui pourrait tenir de l'arbitraire.

Sous l'empire et par l'effet de ces garanties, sans cesser d'être l'expression d'un droit personnel, le vote reçoit de cette espèce de délégation sociale faite à l'électeur une solidité et une importance spéciales.

C'était là, naguère encore, le caractère général de presque toutes les législations européennes en matière de suffrage. Elles ne différaient que dans l'interprétation plus ou moins libérale des garanties à exiger. Sous ce rapport, le système français pouvait laisser à désirer. On sait ce qui advint en 1848. Une réaction en sens contraire eut lieu. Comme il arrive souvent, elle fut excessive et sans mesure.

Faisant table rase de tous les enseignements du passé, et ambitieux de substituer une formule nouvelle à celle que la révolution semblait condamner, les législateurs d'alors ont, avec une précipitation et une imprévoyance inqualifiables, adopté le mode actuel de suffrage, si fort du goût de certaines dominations extrêmes qu'on doit l'y croire trop favorable.

Parmi les partisans plus ou moins sincères que compte le nouveau système, la plupart affectent d'y voir un puissant instrument d'égalité, sans dire de quelle égalité ils font cas. Cependant, il y en a plus d'un genre. S'appelant, tantôt soumission de tous aux lois, tantôt servitude commune ou quelque autre chose qui, de près ou de loin, y ressemblera, l'égalité est susceptible de correspondre à des états bien divers. Mais il est probable que ces prétendus démocrates, qui sont comme les Barnum de la politique, se préoccupent assez peu de ces différences.

Quoiqu'il en soit, il est permis d'affirmer que plus une société sera jalouse de sa liberté et de ses droits, plus, en même temps qu'elle élargira son système de suffrage, elle s'efforcera d'y introduire une judicieuse représentation de ses éléments constitutifs. L'expérience, ce vrai criterium, démontre que tout ce qui peut en affermir et en étendre la sécurité est au profit de la liberté, dont les développements ne sont possibles qu'à cette condition.

Est-il donc si difficile de trouver une combinaison de suffrage universel faite pour concilier avec le droit et l'action propre de l'individu une intervention indirecte des principes nécessaires et pour offrir, avec la base la plus large, une présomption suffisante de garanties à l'ordre social?

Si la matière a un défaut, c'est plutôt de se prêter à trop de combinaisons. Il s'ensuit que les moins compliquées en apparence ont, entre toutes, avec le don de charmer les foules, une merveilleuse facilité à s'emparer les premières du terrain déblayé par les révolutions. Mais, dans une question composée d'éléments si nombreux et si variés, une solution par trop simple risque bien de n'être qu'insuffisante, et il est souvent dangereux d'avoir tardé à le comprendre.

Sans autre prétention que d'appeler l'attention publique sur ce grave sujet, nous en abordons la discussion par le côté qui nous semble le plus direct.

Dans un suffrage universel, la place de l'individu est toute marquée. Mais s'il est digne d'attention, la famille l'est-elle moins ? Est-ce que derrière l'individu, chef de famille, il n'y a pas un groupe de personnes dont il a la responsabilité devant la société et devant Dieu ? Est-ce que l'état de minorité de ces êtres et leur impuissance à se protéger par eux-mêmes ne créent pas à leur chef naturel le droit et le devoir de les représenter et de les défendre dans toutes les circonstances ? Pourquoi en excepter celle de la délibération publique où l'intérêt est plus grand et plus général ? Est-ce que, dans nos Sociétés chrétiennes et civilisées, la véritable individualité sociale n'est pas la famille ? Quelle part lui est faite ? Aucune. L'égalité est donc violée contre la famille au profit de l'individu.

Cependant, considéré intrinsèquement, lequel des deux offre, en général, le plus de garanties à la société et y a le plus d'intérêts ?

Mais, à côté de cet être mobile et transitoire qu'on appelle l'individu, à côté même de la famille dont l'existence est moins éphémère, n'y a-t-il pas encore, sinon quelqu'un, du moins quelque chose qui mérite une sérieuse considération ? Se croit-on quitte envers la société en l'assimilant à une simple agrégation d'êtres humains, destinés, semblerait-il, après s'être agités un moment sur cette terre, à en disparaître sans laisser derrière eux aucune trace ? Si les générations, qui se succèdent, forment un corps permanent de société, n'est-ce donc pas parce qu'elles se tiennent par une chaîne non interrompue de traditions, intérêts et droits ? Or, ces intérêts et ces droits ont un nom : la propriété, dont la législation de tous les peuples civilisés fait l'appendice régulier de la personne.

La propriété, on ne saurait trop le répéter, n'est pas un système ; elle est l'expression d'une loi naturelle, marquée au coin de l'évidence. Cette loi intervient comme un fait nécessaire et supérieur aux constitutions humaines qui ne font que le constater et le développer dans le sens le plus harmonique et, par conséquent, le plus conforme au bien général.

Infortunés, sur les souffrances desquels quelques sectaires à vues étroites échafaudent leur succès d'une heure, soyez certains que si la propriété n'avait pour origine et pour cause qu'une conception arbitraire et fragile de l'esprit humain, elle aurait, depuis longtemps, disparu de la surface de la terre, à supposer qu'elle y eût jamais pris racine !

Quant aux abus qui peuvent résulter de la propriété, comment prétendre à les supprimer tout-à-fait, à moins de supprimer la nature humaine dont ils sont inséparables ? Ils trouvent, d'ailleurs, un correctif dans les mœurs, dans les ingénieuses applications de la solidarité et les dévouements de l'amour chrétien ; au besoin, un frein dans les lois.

Si donc naturellement faite et socialement instituée pour susciter, de la manière la plus efficace, l'effort de chacun vers la production des choses nécessaires et l'échange des services, la propriété est le ressort énergique des activités et répond, par cela même, le plus directement possible, à la plus grande utilité commune ; si, indissolublement liée à l'organisation de la famille, elle forme, sous ce rapport, un lien de plus parmi les hommes; si, par toutes sortes de côtés, elle se confond avec la civilisation même ; si, enfin, elle est, parce qu'elle s'impose à une société avec le caractère d'un principe essentiel, il faut avoir le courage d'être conséquent avec soi-même et, dans une question où le sort de la société est en jeu, ne pas hésiter à faire la part due à un principe fondamental et tutélaire.

En pareille matière, toute composition n'aboutit qu'à fausser les esprits et à énerver les âmes. Les faits de chaque jour ne le démontrent que trop.

En résumé :

Le droit de suffrage émane d'une idée de justice sociale, et il a pour but de dégager des intérêts particuliers comme une résultante harmonique qui sera l'intérêt commun dans son acception la plus large.

Ce dernier intérêt suppose d'ailleurs le lien d'une association naturelle et raisonnée, et ce lien, certaines règles fixes unanimement admises, ou mieux, certains principes nécessaires qui en tiennent lieu.

Une loi de suffrage universel doit donc tendre à mettre en lumière cette synthèse et à y approprier le système de vote. Autrement, c'est l'empirisme. On aura des chiffres dont la supputation peut bien faire une majorité, n'importe laquelle. Est-ce suffisant ? Est-ce la seule chose qu'on ait à se proposer ?

En conférant le vote à tout individu majeur, la société fait sans doute un acte de sagesse et de justice. Mais nous réclamons une représentation de la famille, qui est l'individualité sociale par excellence, et une représentation du principe de la propriété, parce qu'il est, avant tout, l'élément fixe et stable de la société.

Pratiquement, une application assez simple pour en rendre la pensée-mère aisément accessible à tous les esprits.

Voici un cadre à cette application :

L'individu a une voix ;

Chef de famille, il a deux voix.

Justifiant, soit par un cens, soit autrement, d'une propriété mobilière ou immobilière, si modique la voulût-on, il jouit d'une voix supplémentaire ; ce qui fait deux ou trois voix au maximum.

Muni d'une carte dont la couleur suffit à indiquer le nombre de ses voix, l'électeur dépose dans l'urne un nombre de bulletins correspondant.

Le dépouillement sera un peu plus long. L'inconvénient, si c'en est un, n'a rien de sérieux.

On compare souvent l'État à un vaisseau. Pour tous les deux, en effet, même nécessité d'un équilibre et aussi même moyen d'y pourvoir. Comme au navire, il faut à l'État un lest qui le maintienne d'aplomb et assure la régularité de sa marche. Donner au suffrage universel le lest des principes, n'est-ce pas, loin de l'affaiblir, le consolider et équilibrer, à la fois, la société et son gouvernement ?

Écartez les principes, et ce suffrage, vous le savez bien, ne vous laissera que de tristes alternatives contre lesquelles, au lendemain des événements, votre raison protestera, consternée et impuissante. Faut-il attendre que ces mots « trop tard » viennent retentir encore comme le glas funèbre d'un écroulement ?

II.

LE SOLDAT.

L'homme s'appartient, et s'il a un droit naturel, s'il porte un trait distinctif parmi les êtres, c'est l'attribut de la plénitude de sa personnalité.

Cependant, par une contradiction plus apparente que réelle au fond, la même école qui ne veut pas entendre parler de la moindre mesure de restriction ou de résrve apportée au vote, accepte, avec une facilité surprenante, que l'État puisse traiter une personne comme une espèce de chose à lui.

Ce qu'on appelle la conscription et l'inscription maritime ou l'enrôlement obligatoire, quelque général qu'il soit devenu, n'en constitue pas moins, à nos yeux, la plus éclatante violation du plus imprescriptible des droits naturels. Ces deux institutions peuvent se définir : Expropriation de la personnalité humaine pour cause d'utilité publique — l'exactitude veut qu'on ajoute — avec indemnité des frais d'existence pendant la durée du service.

Un pareil fait pourrait s'expliquer comme un fait rare et exceptionnel, né de circonstances également rares et exceptionnelles ; mais prétendre l'ériger en règle sociale est faire injure à la nature et à Dieu.

L'état social implique, dit-on, le sacrifice d'une partie des droits naturels. Dans quelle mesure ? La question est là.

Or, si la raison admet aisément que la société ait tous les droits possibles pour empêcher l'individu de lui nuire et l'arrêter à cette limite, elle ne saurait admettre qu'avec la plus grande réserve les prétentions au-delà. Que dire, par exemple, d'une loi qui, en vue d'une éventualité trop souvent étrangère à l'intérêt général, l'histoire le constate, supprime la liberté morale de l'homme et le fait soldat malgré lui ?

Et de ce même individu, à qui vous prenez sans scrupule les seuls biens qu'il possède peut-être, sa liberté, sa vie, vous prétendez ensuite exiger le respect de la chose d'autrui. Singulière inconséquence !

Qu'invoquez-vous à l'appui de cette loi ? Le caractère éminemment social et nécessaire de la mesure, la souveraineté du but, pour tout dire. L'argument n'est pas nouveau, et on en sait la portée.

Que, demain, aux hommes qui ne sont pas tout, il soit question d'ajouter le nerf de la guerre, l'argent, et qu'à raison de l'utilité publique, plus ou moins reconnue, le législateur, quel soit-il, décrète une main-mise sur toutes les fortunes, ah ! vous n'auriez pas de mot assez fort pour qualifier cette violence. La personnalité humaine vaut-elle moins qu'une chose ?

Les différences dont vous pourriez essayer de vous prévaloir ne seraient que subtiles et faibles devant les grandes considérations de la liberté morale, du droit personnel, en un mot, de l'œuvre de Dieu comparée à l'œuvre des hommes. Le mieux est de savoir s'incliner devant la vérité.

Or, il y a, quoiqu'on en puisse dire, dans la conscription et l'inscription maritime, une grande iniquité sociale à réparer, une semence de socialisme à étouffer. Tôt ou tard, ces deux institutions devront disparaître du code des nations civilisées.

Nous vous entendons : Et comment pourvoir à la défense du pays ?

Nous pourrions répondre en vous citant de notre histoire un passé glorieux qui ne doit rien à aucune de ces créations absolutistes et révolutionnaires. Mais la réponse serait peu directe ; ce serait tourner la question au lieu de l'aborder de front, ainsi qu'il convient de le faire.

Il faut une armée et des flottes, des soldats et des matelots, et il les faut, bien entendu, sortis les uns et les autres des entrailles mêmes de la nation, car il n'y a de vraie sécurité pour elle et de grandeur légitime qu'à cette condition.

N'y a-t-il pas à tenter d'atteindre ce résultat en faisant une loi qui concorderait avec les diverses impulsions de la nature humaine et, par conséquent, telle que l'intérêt personnel, joint à d'autres mobiles plus élevés, imprimât aux esprits, dans une mesure suffisante, une direction conforme au but proposé ?

Il s'agit de donner un corps à cette pensée.

Il y a une corrélation marquée entre les droits et les devoirs politiques. Au premier rang des devoirs est le service militaire. C'est d'en faire la contre-partie obligée du droit de suffrage, en laissant ensuite à l'individu la décision souveraine de l'acceptation.

Qui pourrait se plaindre ? A celui qui prétend peser d'un

poids quelconque dans les destinées du pays, n'est-il pas logique de dire : « Soyez prêt à le défendre ; sachez être citoyen jusqu'au bout.

Lourd sans doute est le devoir ; moins lourd toutefois que s'il est imposé. A la noble satisfaction, qui doit en suivre l'accomplissement volontaire, il est donc juste d'ajouter les avantages qui peuvent y être légitimement réservés, parce qu'ils ne sont que des corollaires de l'organisation politique et sociale.

Et alors pourrait être faite une loi à peu près ainsi conçue :

Est astreint au service militaire tout membre politque de l'État.

Est inscrit d'office, comme électeur et membre politique, tout individu âgé de vingt et un ans, à moins que, dans les trois mois qui suivront sa majorité, il n'ait signifié, par un acte légal, sa renonciation au droit de suffrage.

La durée du service militaire se divise en deux périodes : la première comprend le temps nécessaire à l'instruction du jeune soldat, et au plus un an ; la seconde période est de sept ans pendant lesquels le membre politique fait partie de la garde nationale mobile ou milice.

A ce titre, il peut être convoqué, en temps de paix, pour

prendre part à des exercices militaires qui auront lieu dans la circonscription du vote.

En temps de guerre et en vertu d'une loi, le milicien peut être incorporé dans l'armée de ligne.

Les sept ans de milice peuvent être remplacés par trois ans passés dans l'armée de ligne.

Le milicien n'est soumis aux règlements et aux lois militaires que pendant les réunions de corps ou pour causes de service.

Des conditions analogues en ce qui concerne le service maritime.

Par exemple, ou trois ans à passer sur les vaisseaux de l'État, ou un an seulement, avec l'engagement pris par le marin de se livrer ensuite pendant dix à douze ans à la navigation commerciale et de se tenir, pour tout ce temps, à la disposition du gouvernement en cas de guerre.

Le remplacement sera-t-il maintenu ?

Secondaire ici, la question est au fond très-controversable, et il n'y a pas lieu d'en préjuger la solution.

Il importe toutefois de remarquer que le système proposé ne saurait admettre aucune exemption. Sous ce rapport, il possède au plus haut degré la qualité tant prisée d'être, comme il est reçu de dire, égalitaire.

En effet, est électeur qui veut, en satisfaisant au devoir du service militaire. Évidemment, ceux que la loi en exemptait jusqu'à ce jour, se trouvent à l'avenir dans l'obligation de se faire remplacer, s'ils prétendent au droit politique, car il n'y a aucune bonne raison de le leur concéder, sans y mettre la condition qui doit en faire le caractère spécial.

Étant posée pour certaines personnes la nécessité de se faire remplacer, on pourrait, par une combinaison financière peu compliquée, leur faciliter la libération. Ainsi, l'État se chargerait du remplacement, moyennant une somme payable par l'électeur, en 10, 15 ou 20 annuités, à sa convenance. L'engagement une fois pris, à défaut de payement régulier des annuités, l'exercice du droit politique est suspendu en même temps que l'effet des avantages qui y sont attachés ; conséquence plus sensible peut-être moralement que matériellement.

Dans tous les cas, les sommes versées sont irrévocablement acquises à l'État. Pendant tout le temps qu'il a rempli son engagement, l'électeur n'a-t-il pas profité de la situation que ce titre lui créait ?

Est-il nécessaire de faire remarquer, en passant, combien cette généralisation dans l'application de la loi serait profitable à la caisse de retraite des soldats et marins ?

Il serait peut-être convenable de compléter l'organisation exposée, en ouvrant sur certains points du territoire quelques grandes écoles militaires payantes, dans le genre de l'école de

Saint-Cyr, et destinées aux miliciens. A leur sortie de ces écoles, les jeunes gens iraient achever dans la milice le temps de service exigé. Sous-lieutenants d'abord, quatre à cinq ans après lieutenants, ils pourraient, à leur congé, et à la condition de répondre au premier appel en cas de guerre, être promus capitaines, titre et qualification qu'ils auraient le droit de garder dans la vie civile. Le grade, sans entraîner aucun émolument, peut devenir, dans ces conditions, un noble sujet d'émulation pour des jeunes gens qui gaspillent souvent de belles facultés au détriment de la société non moins que pour leur propre malheur.

Privilége encore ! se laissera peut-être aller à penser quelque esprit inquiet et chagrin. Le privilége n'est-il pas plutôt dans la collation des grades, livrée, comme aujourd'hui, au choix discrétionnaire d'un ministre et partant, plus ou moins, à la faveur? D'un autre côté, à force de vouloir inconsidérément tout niveler, ne risque-t-on pas d'éteindre toute flamme, d'étouffer toute émulation virile? La fortune, qui constitue, en définitive, le rapport nécessaire entre certaines exigences de la vie et le moyen pratique et légitime d'y pourvoir, deviendrait-elle, pour plaire à une certaine école, une cause d'infériorité sociale ?

Avantages réservés aux Membres politiques.

Ne peuvent être remplis que par des membres politiques les fonctions ou emplois, quels qu'ils soient, gratuits ou salariés, rentrant dans la catégorie d'un service public.

Y sont, sous ce rapport, assimilés les offices ministériels, les professions dont l'exercice est soumis à des restrictions légales de droit commun, les entreprises créées en vertu d'une loi ou d'un titre spécial de concession, émané du pouvoir exécutif, privilégiées ou non, subventionnées ou non par l'État, telles que les entreprises de chemins de fer, de bateaux-postaux, etc.

Aucune concession d'un travail d'utilité publique ne peut être faite qu'à des membres politiques, sauf en ce qui concerne les bailleurs de fonds.

Les concessionnaires ou leurs substituts sont tenus, sous leur responsabilité personnelle, de l'exécution desdites prescriptions en ce qui est relatif à la distribution des places et emplois.

A titres égaux, la préférence sera acquise aux membres politiques qui auront satisfait de leur personne au service militaire.

Il est probable, surtout, en raison des avantages nombreux réservés aux membres politiques, que, parmi les individus qui, pour se soustraire au service militaire, auront, en quelque sorte, répudié le droit de suffrage, plus d'un sera tenté de revenir à résipiscence. Ne serait-il pas sage de leur laisser une porte ouverte ?

Cependant, le plus souvent, ce regret ne se fera sentir qu'au moment et sous le coup de quelque convenance personnelle. Il serait donc juste autant que politique de mettre à la satisfaction recherchée une compensation qui fût proportionnée à l'intérêt particulier de l'individu et au grief social et qui servît en même temps d'avertissement à la jeunesse.

Il ne peut, toutefois, être ici question que d'une compensation en argent au profit de la caisse de retraite des soldats et marins. La somme ne saurait être fixée à l'avance que pour les limites extrêmes dans lesquelles elle pourrait varier, car elle doit dépendre du temps couru depuis la renonciation au droit de suffrage, des circonstances dans lesquelles elle s'est produite, des services que le postulant peut avoir rendus au pays et, enfin, d'une série de faits accessoires à apprécier.

Tel, l'esprit général de la loi nouvelle.

Si, à cette organisation, dont nous ne prétendons qu'esquisser les grands traits, on ajoute les engagements volontaires, encouragés, soit par des primes, soit par des pensions de retraite convenables, il est bien permis de penser qu'après une expérience relativement assez courte, les cadres seront tout autant remplis qu'ils pourraient l'être au moyen de la contrainte.

Mieux qu'elle, le sentiment national, l'amour-propre noblement excité, et, à défaut de ces mobiles, l'intérêt personnel, suffiront à pourvoir à toutes les exigences militaires du pays.

Le système offre, nous osons le dire, la base d'une excellente armée défensive, ce qui suffit certainement à la sécurité et à l'honneur des nations. Même, en admettant que dans les premiers temps de la transformation, l'armée soit moins nombreuse, elle rachètera, et au-delà, cette infériorité par la puissance de l'esprit nouveau qui présidera à son organisation.

Non moins heureusement, le système se combine avec la question du suffrage universel dans laquelle il entre comme le meilleur élément d'une solution simple et rationnelle.

Enfin, associées, les deux propositions concourent à réaliser l'harmonie aussi rare que désirable de la plus grande cohésion politique avec l'épanouissement de la spontanéité individuelle. Ce sera, qu'on nous pardonne ce rapprochement, comme une application, dans le temps, de ces paroles : *gloria hominibus bonæ voluntatis.*

Bien des gens douteront de l'effet de ces mesures pour former une armée et voient déja la France sans défenseurs. Sur quoi fondent-ils leur doute ? Sur une présomption. Est-ce suffisant pour faire d'un abus grave la règle et perpétuer une injustice ?

A supposer que l'expérience dût leur donner raison, l'épreuve à faire n'est-elle pas digne d'un grand peuple ? Et par ce mot d'épreuve nous entendons parler d'une application qui aura duré quinze à vingt ans, temps fort court, si on considère la société, et temps strictement nécessaire à la vulgarisation d'une idée et des conséquences générales dont elle est susceptible.

En dernière analyse, restaurer l'empire du droit et, en respectant la liberté de l'individu, lui laisser le salutaire et fortifiant exercice de penser et de vouloir par lui-même ; imprimer au suffrage universel le caractère d'une institution sérieuse et durable et en faire sortir un véritable corps politique ; enfin, suivant l'expression consacrée, organiser la démocratie, en y faisant pénétrer, de plus en plus, avec la claire notion et l'autorité légitime des principes nécessaires à l'ordre social, un vif sentiment de la dignité humaine et de l'influence directe et personnelle de l'individu sur sa destinée, tout cela est-il de si mince considération qu'il ne vaille pas de s'y arrêter ? Qu'on y réfléchisse. La question peut n'être pas sans urgence.

Rien n'empêche d'ailleurs, si on le croit utile, d'insérer dans la loi, en prévision des cas extraordinaires, quelques réserves de prudence ; l'essentiel est de se fixer le plus tôt possible à un système que l'esprit moderne ne puisse désavouer.

Nous terminerons par une observation que suggère le sujet.

N'est-il pas digne de remarque que le peuple de l'Europe, incontestablement le mieux inspiré et le plus avancé en fait de liberté et d'émancipation individuelle, se montre instinctivement réfractaire et à la conscription et aux théories de suffrage exclusives de tout élément susceptible d'y être équitablement introduit à titre de lest social ? Et, avec l'individu très-libre, ce peuple a un pouvoir politique très-fort et capable, à l'occasion, de faire face à tous les périls.

A défaut de la conscription, objectera-t-on, la racolage se pratique. Il est vrai et il est possible que ce vieux mode de recrutement soit, sous plus d'un rapport, très-défectueux. Raison de plus pour se rendre compte du maintien de cette pratique et en rechercher la cause. L'empire de la tradition, chez un peuple à qui elle est justement chère, peut bien y être pour quelque chose ; mais combien plus, croyons-nous, le culte du droit et l'application de cet axiome : Né libre, l'homme s'appartient.

C'est que, s'il est difficile de préciser où finit la liberté individuelle, il est, au contraire, aisé de comprendre où elle commence.

III.

Le 15 avril 1869, pour justifier le maintien de l'inscription maritime, d'une institution due au souverain qui résumait son pouvoir dans ces mots fameux : « L'Etat, c'est moi », Son Exc. l'amiral ministre de la marine a prononcé ces paroles : *Salus populi suprema lex*.

La déclaration est nette, précise, officielle. Ainsi, c'est bien entendu :

L'inscription maritime, loi de salut public ; la conscription, nécessairement aussi, loi de salut public.

La qualification sinistre de ces lois en indique la portée. Dans la question présente, c'est la violation systématique du droit naturel le moins contestable. Le sceau divin, qui marque l'homme, est, pour ainsi dire, effacé dans l'intérêt d'une certaine conception utilitaire.

On s'explique en face de quelque grande crise sociale et on justifie par l'imminence du péril la suspension, essentiellement temporaire, des lois et des garanties qui couvrent la personne et consacrent son inviolabilité, objet principal de toute législation ; mais, d'une exception, et d'une exception heureusement très-rare, faire la règle et l'état normal d'une société, n'est-ce pas comme le renversement de toutes les notions, de tous les principes universellement admis ?

Si, argumentant à votre façon, l'individu, avec bien plus de raison et de droit, vous répondait : *Salus mea prima lex ;* — alors on agira de rigueur envers lui et, de par la force, on le contraindra à n'être qu'une chose de l'utilité sociale. Quel spectac'e ! Quelle théorie sur l'homme, image, dit-on, du Créateur ! Oh ! civilisation, n'es-tu qu'un vain mot ; progrès, n'es-tu qu'une chimère !

Cependant, sans l'inscription maritime, sans aucune de ces lois de salut public et avec une population moindre, l'Angleterre et les Etats-Unis trouvent et entretiennent un personnel de marins supérieur en nombre à celui de la France. Comment font donc ces nations ?

Il est vrai que l'une d'elles, par l'organe d'un de ses grands orateurs, se glorifie d'être *la patrie de l'homme.*

Périgueux. Imprimerie J. Bounet, cours Michel-Montaigne, 24.

www.ingramcontent.com/pod-product-compliance
Lightning Source LLC
Chambersburg PA
CBHW061732180626
46818CB00006B/2583